Para Victoria A.G.

Armin Greder wurde in der Schweiz geboren. 1971 wanderte er nach Australien aus. Dort arbeitete er als Graphiker und unterrichtete Illustration und Design an einer Hochschule. Für sein Werk als Illustrator und Autor von Bilderbüchern erhielt er internationale Auszeichnungen, unter anderem den Bologna Ragazzi Award.
Außerdem wurde er für den Hans Christian Andersen Preis nominiert.
Heute lebt er in Lima, Peru.

Weitere Informationen zum Kinder- und Jugendbuchprogramm der S. Fischer Verlage, auch zu E-Book-Ausgaben, gibt es bei www.blubberfisch.de und www.fischerverlage.de

Erschienen bei FISCHER Sauerländer

Erstmals erschienen 2002 bei Sauerländer
Druck: Druckerei Theiss GmbH, St. Stefan im Lavanttal
Printed in Austria
ISBN 978-3-7373-5378-6

Armin Greder

DIE INSEL

Eine tägliche Geschichte

Mit einem Nachwort von
Heribert Prantl

SAUERLÄNDER

Am Morgen fanden die Inselbewohner einen Mann am Strand,
da wo Meeresströmung und Schicksal sein Floß hingeführt hatten.
Er stand auf, als er sie kommen sah.

Er war nicht wie sie.

Sie starrten ihn an. Sie wunderten sich.
Sie fragten sich, warum er hierhergekommen sei.
Was er hier wolle. Was nun zu tun wäre.
Einer sagte, es sei wohl am besten, wenn der Mann gleich wieder weggeschickt würde – da, wo er hingehöre.
»Und überhaupt«, sagten sie, »es wird ihm hier sowieso nicht gefallen. So weit weg von seinen eigenen Leuten.«

Aber der Fischer wusste,
wie es draußen auf dem Meer war.
»Es wäre sein Tod, und den möchte ich
nicht auf dem Gewissen haben«, sagte er.
»Wir müssen ihn aufnehmen.«

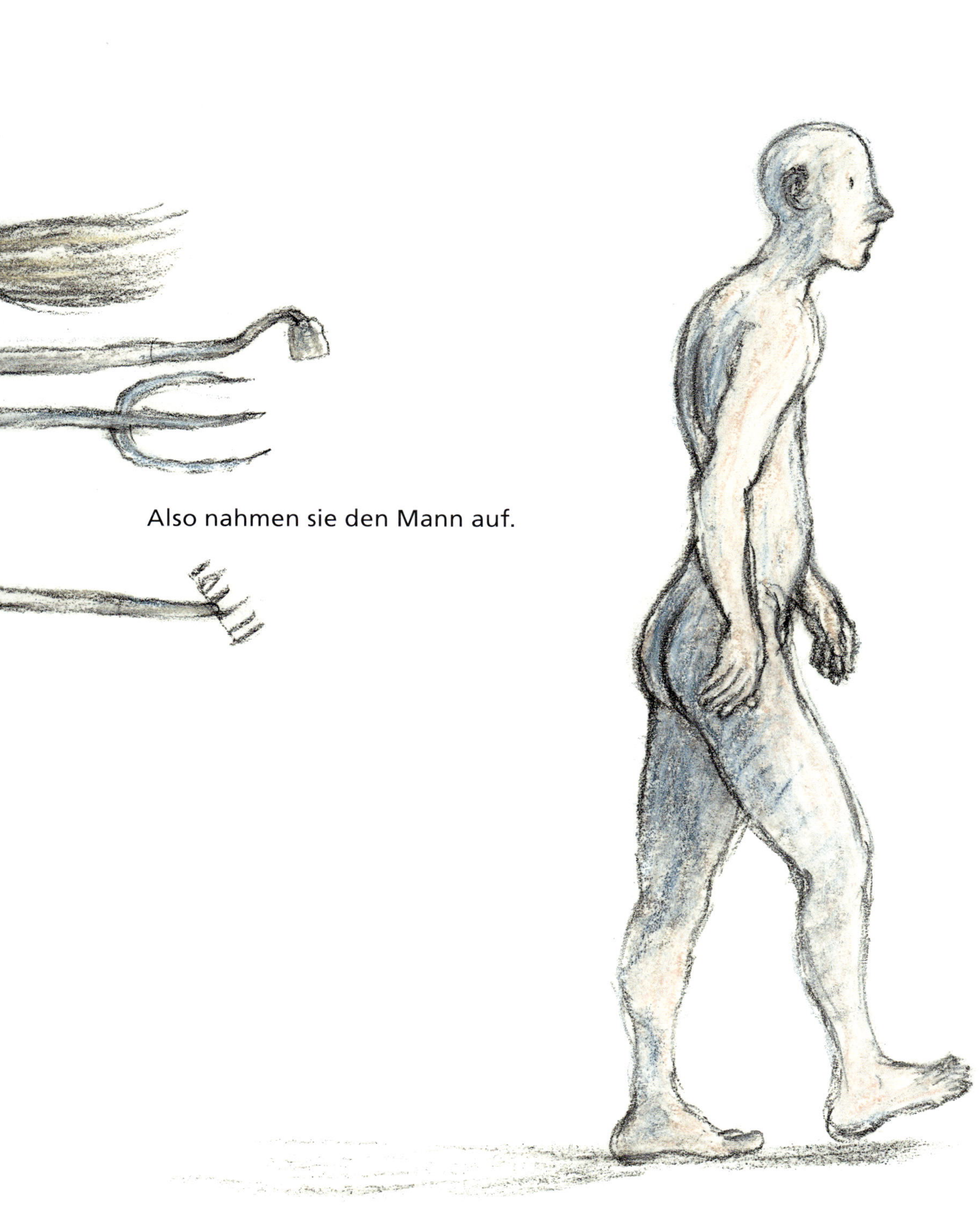

Also nahmen sie den Mann auf.

Sie führten ihn zu einem Ziegenstall, der schon lange leer stand, am unbewohnten Ende der Insel.
Da solle er bleiben, gaben sie dem Mann zu verstehen und wiesen auf das Stroh in der Ecke. Hier könne er schlafen.

Dann vernagelten sie die Stalltüre und kehrten zu ihrem Alltag zurück und zu ihrem Leben und fuhren so fort, wie sie es gewohnt waren.

Eines Tages erschien der Mann in der Ortschaft.

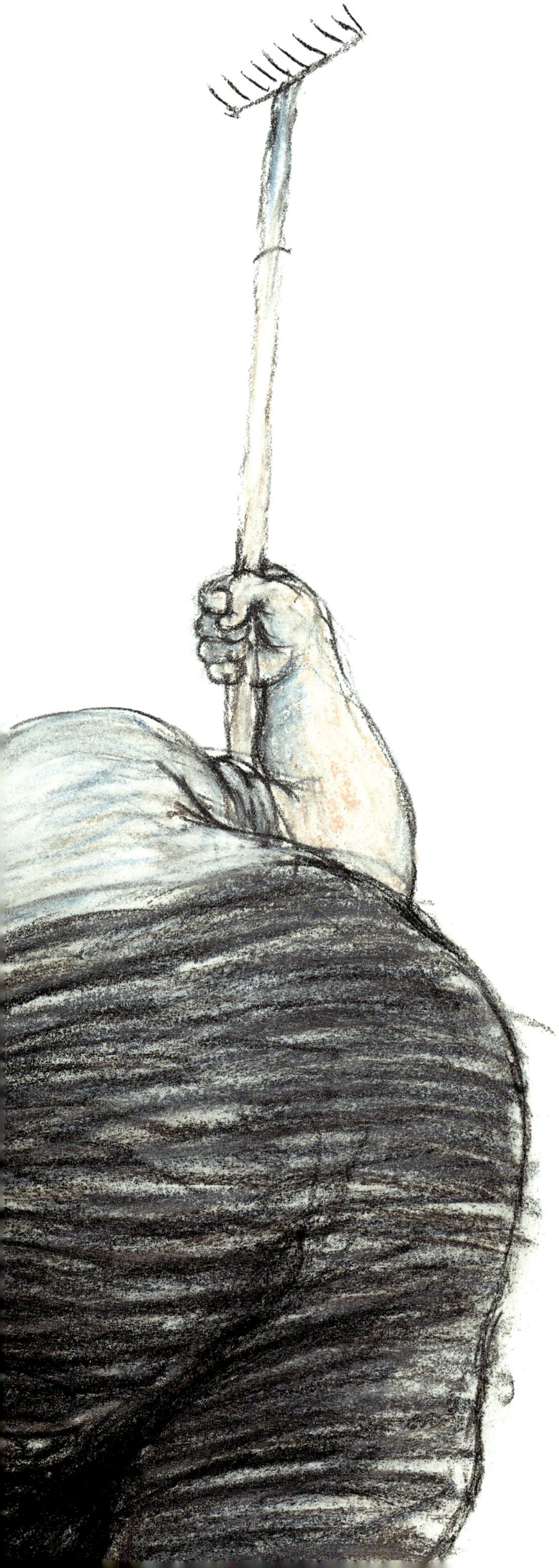

Ein Aufruhr brach aus. Die Männer packten ihn und schrien ihn an.
Dabei gab er ihnen nur zu verstehen, dass er hungrig sei, dass er seit Tagen nichts gegessen habe und ob sie ihm nicht vielleicht etwas zu essen geben könnten.

»Er hat Recht«, sagte der Fischer, »man kann ihn nicht einfach seinem Schicksal überlassen, jetzt, da er hier bei uns ist. Wir müssen ihm helfen.«

Das erschreckte die Bewohner.

»Aber wir können doch nicht einfach jeden durchfüttern, der zu uns kommt«, empörte sich der Krämer, »sonst müssen wir selbst bald Hunger leiden.«

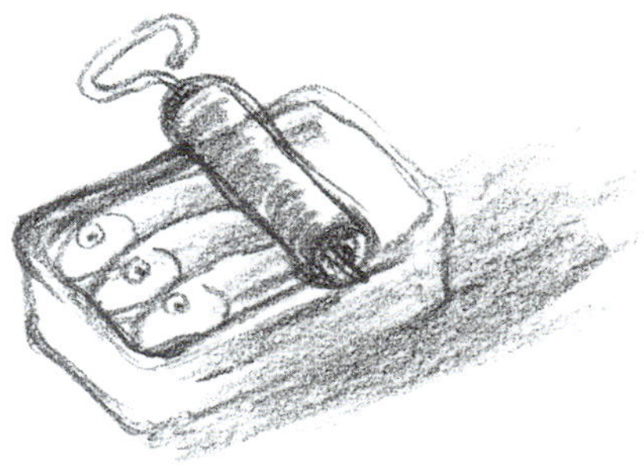

Der Fischer schlug vor, jemand solle den Mann anstellen, damit er sich seinen Unterhalt selbst verdienen könne.
»Und nebenbei bemerkt«, sagte der Fischer leise, »dem könnt ihr doch weniger zahlen als einem von hier.«
Ob nicht der Gastwirt froh wäre um Hilfe in der Küche?

»Hätte ich den in der Küche, würde niemand mehr bei mir essen«, brummte der Gastwirt. »Stell du ihn doch selbst ein.«
Aber im Boot des Fischers hatte nur einer Platz.

Der Zimmermann erinnerte sich an das schlechte Floß. Der habe doch keine Ahnung, wie man einen Hammer in die Hand nehme.

Der Fuhrmann sagte nur:
»Schaut ihn euch an. Ich brauche jemanden, der tragen kann.«

Und dem Pfarrer tat es zwar sehr leid, aber des Mannes Stimme passe einfach nicht in seinen Chor.

»Dann müssen wir uns halt zusammentun«, sagte der Fischer, »und gemeinsam für ihn sorgen. Bedenkt: Wir haben ihn aufgenommen. Auch wenn er nicht einer von uns ist, so sind wir doch für ihn verantwortlich.«

Am Ende war der Gastwirt bereit, dem Mann die Essensreste zu überlassen, die er sonst den Schweinen vorwarf. Dann brachten sie den Mann zurück in den Ziegenstall. Sie verstärkten die Türe, damit der Mann in Zukunft die öffentliche Ordnung nicht mehr stören könne.

Aber nun beunruhigte der Mann die Leute. Sie hatten ihn nicht hergebeten, und trotzdem war er da. Ihre Güte war nicht das Ende gewesen, sondern ein Anfang. Sie hatten ihn auf ihrer Insel aufgenommen und jetzt fanden sie ihn in ihrem Leben.

Er war in ihren Tagen und oft auch in ihren Nächten, wenn Träume von ihm sie erschreckten. Die Männer munkelten etwas von Bedrohung, wenn die Rede auf ihn kam. Die Frauen blieben in den Küchen und warnten ihre Kinder davor, dem Ziegenstall zu nahe zu kommen.

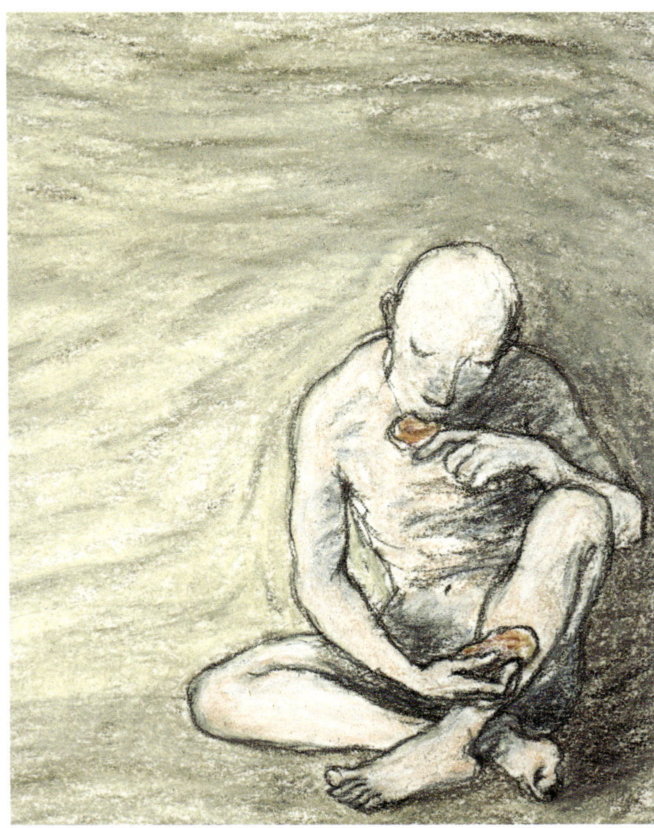

Und der Schulmeister sprach wichtig
über Wilde und ihre Sitten.

»Er isst mit den Händen«,
wusste der Gastwirt zu berichten.
»Und er isst Knochen.«

»Er kommt und frisst dich, wenn du deine Suppe nicht isst«, warnte eine Mutter ihr Kind.

»Die Kinder fürchten sich vor ihm«, berichtete der Schulmeister sorgenvoll abends in der Wirtschaft.

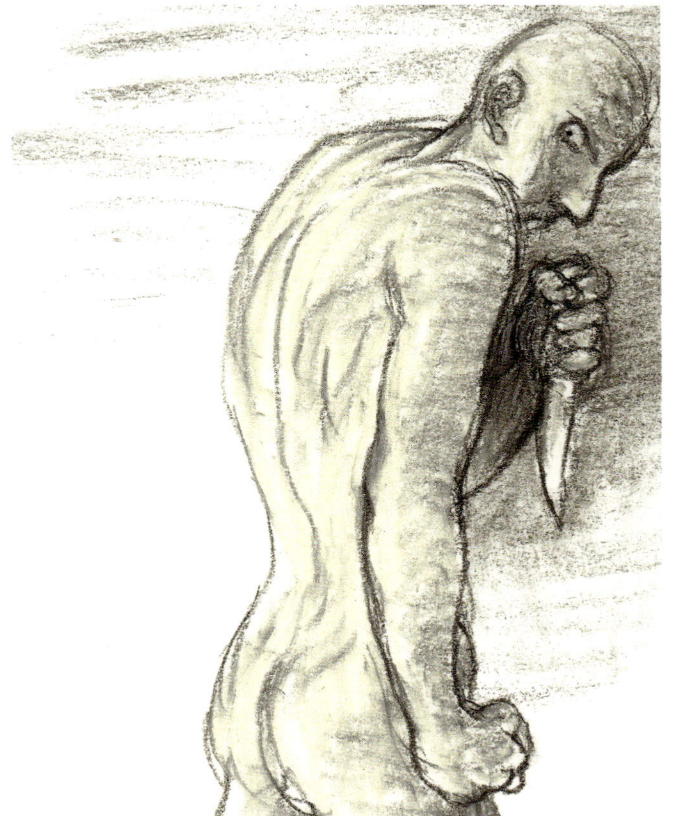

»Ich bin sicher, dass er uns alle umbringen würde, wenn er Gelegenheit dazu hätte«, sagte der Wachtmeister.

»Fremder verbreitet Furcht« stand groß in der Zeitung, schwarz auf weiß.

Angst machte sich breit.
Die Lage sei bedrohlich, sagten einige.
Es müsse etwas getan werden, forderten andere, bevor es zu spät sei.
Man habe es schon schwer genug.
Es könne nicht erwartet werden, dass man sich dazu noch um das Wohlergehen anderer kümmere.
Da könne ja jeder kommen …! Der Mann gehöre nicht hierher.
Er sei ein Fremder. Er solle gehen. Er müsse weg.

Und sie marschierten zum Ziegenstall …

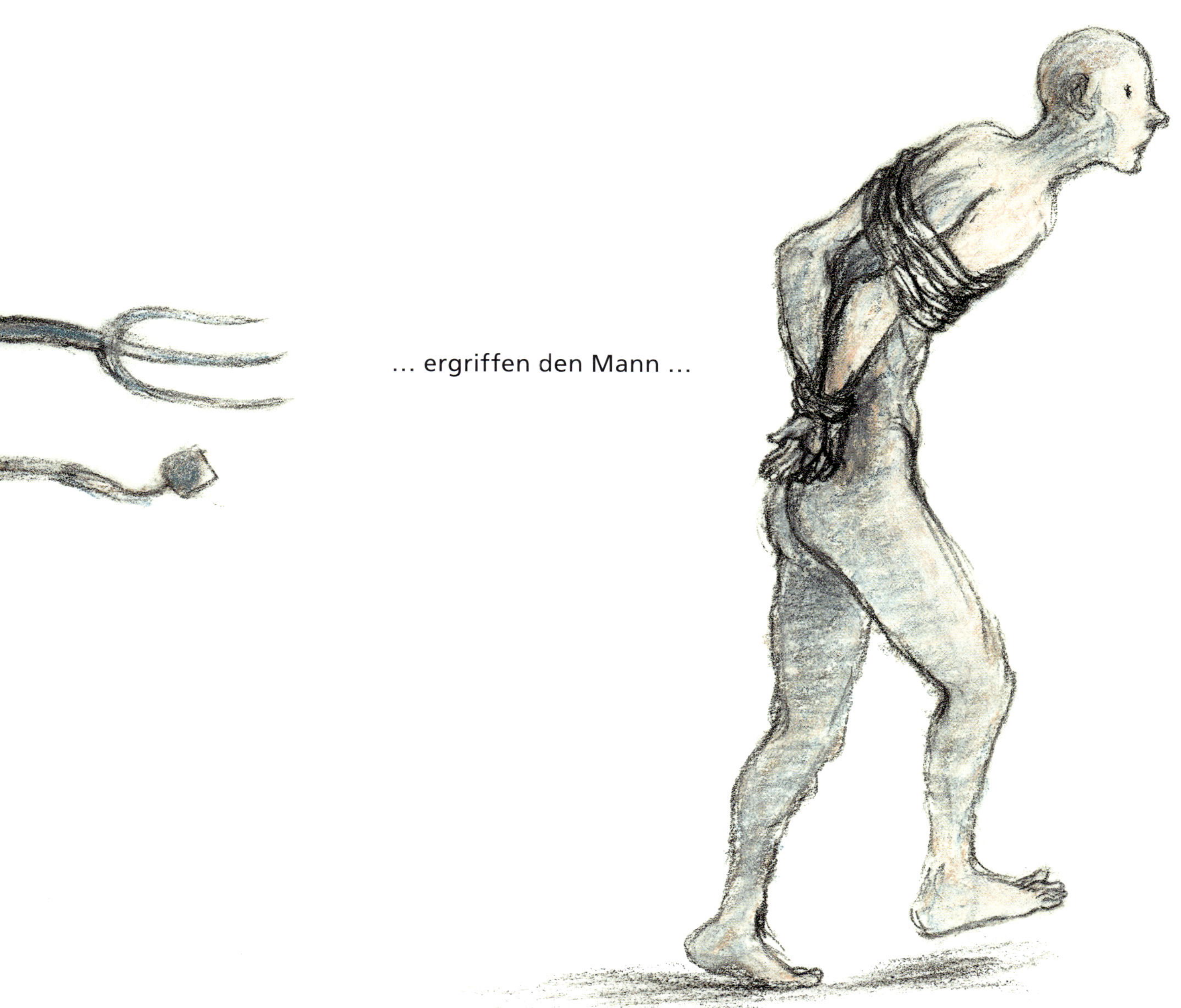

… ergriffen den Mann …

… brachten ihn zu seinem Floß
und schoben ihn hinaus in die Wellen.

Dann legten sie Feuer an das Boot des Fischers, denn er war es gewesen, der sie zur Aufnahme des Mannes bewogen hatte.
Zwar dachten einige wie der Fischer, aber die anderen waren lauter.
Und die wollten auch nie mehr Fische essen, die aus dem Meer kamen, das ihnen den Fremden gebracht hatte. Und sie bauten eine hohe Mauer um die ganze Insel; mit Türmen, von denen sie Tag und Nacht das Meer überwachen konnten. Und sie schossen vorbeiziehende Möwen und Kormorane ab, damit niemand dort draußen von ihrer Insel erfahren sollte.

Nachwort

Stellen wir uns vor, es gäbe ein großes Flüchtlingsbuch; darin verzeichnet alle Schicksale, alles Leid, alles Elend, alle Hoffnung, alle Zuversicht. Stellen wir uns vor, es gäbe in diesem großen Flüchtlingsbuch eine Seite für jeden Flüchtling, eine Seite für jeden Vertriebenen, eine Seite für jeden, der seine Heimat verlassen und anderswo Schutz suchen musste. Eine Seite nur für jeden; für alle Sehnsucht, für alle Enttäuschung, für alle Ängste, für das Leben und für das Sterben und für alles dazwischen.

Stellen wir uns vor, wie ein solches großes Buch aussähe: Die aktuelle Ausgabe hätte sechzig Millionen Seiten. So viele Flüchtlinge gibt es derzeit auf der Welt. Nur die allerwenigsten davon kommen nach Europa, nur die allerwenigsten schaffen es dorthin, wo der Reichtum so groß ist wie die Klage über die Flüchtlinge. Aber sie alle wären notiert in diesem Buch: diejenigen, die vor dem Krieg in Syrien fliehen; diejenigen, die dem Terror des »Islamischen Staates« mit knapper Not entkommen sind; diejenigen, die es nach Europa schaffen und dort von Land zu Land geschickt werden; diejenigen, die im Mittelmeer ertrunken sind; diejenigen, die durch die Wüsten Afrikas gelaufen sind und dann in Ceuta und Melilla, an der Grenze zu Europa, vor einem Stacheldrahtzaun stehen; diejenigen, die zu Millionen in ihrem Nachbarland in Notlagern darauf warten, dass die Zustände im Heimatland besser werden; diejenigen auch, die nach dem Verlassen ihrer Heimat verhungert und verdurstet sind, die verkommen sind in der Fremde; die Kinder wären genauso verzeichnet in diesem Buch wie ihre Mütter und Väter, die Kinder also, für die es keinen Hort und keine Schule gibt. Es stünden in diesem Flüchtlingsbuch auch diejenigen Menschen, die aufgenommen worden sind in einer neuen Heimat – und wie sie es geschafft haben, keine Flüchtlinge mehr zu sein.

Es wäre dies nicht nur ein einzelnes Buch; es wäre ein Buch, bestehend aus vielen Bänden. Wenn jeder dieser Bände fünfhundert Seiten hätte – das Flüchtlingsbuch bestünde aus insgesamt 120 000 Bänden. Es wäre dies eine ziemlich große Bibliothek. Wenn man die Bände stapelte, wäre der Bücherturm höher als der höchste Berg der Erde. Armin Greder gelingt nun in seinem kleinen Bilderbuch ein großes Kunststück. In schlichten Sätzen, auf nur wenigen Seiten, in großartigen Bildern zeichnet er das Schicksal der vielen Millionen in dem einen Menschen, in dem »Mann«, den die Inselbewohner am Morgen am Strand finden, »da wo Meeresströmung und Schicksal sein Floß hingeführt hatten«. Der Mann, so heißt es in diesem Bilderbuch, stand auf, als er sie kommen sah: »Er war nicht wie sie.« Er ist nackt. Und dann beginnt auf der Insel der Streit darüber, wie man mit ihm umgehen soll.

Es ist dies ein Streit, wie er in so vielen Staaten geführt wird, es ist ein Streit, wie er auch in den Ländern der Europäischen Union geführt wird. Es ist ein Streit darüber, ob und wie man den Mann verpflegen soll, ob und wie man ihn arbeiten lässt. Es ist nur ein einziger Mann, der da am Strand angekommen ist – aber »Angst machte sich breit«. Es ist keine Angst, die der Ankömmling verbreitet; der sagt nämlich nichts, der fordert nichts, er klagt auch nicht über sein Schicksal; er ist einfach da. Die Angst ist die Angst, die in den Leuten steckt und die sie nun an dem Mann auslassen; sie bringen diese Angst auch ihren Kindern bei.

»Die Insel« heißt das Bilderbuch; es ist dies, so der Untertitel, »Eine tägliche Geschichte«. Es ist deswegen eine tägliche Geschichte, weil sie jeden Tag tausend- und zigtausendfach geschieht. Der Mann in dem Buch hat keinen Namen. Er heißt auch nicht Flüchtling. Flüchtling ist ja ein Wort geworden, das bei vielen, vor allem in der Politik, per se Unwillen auslöst. Der Mann heißt deshalb auch nicht Asylbewerber, nicht Vertriebener, nicht Heimatloser. Er heißt einfach Mensch. Am Schluss wird dieser Mensch wieder vertrieben. Die Inselbewohner halten ihn nicht aus. Er wird von ihnen wieder zu seinem Floß verbracht und hinausgeschoben in die Wellen, aus denen er gekommen ist. Das Boot des Fischers, der einst für die Aufnahme des Menschen gewesen war, wird zur Strafe verbrannt. Die Inselbewohner bauen eine hohe Mauer um die ganze Insel und machen sie zur Festung. Und sie schießen vorbeiziehende Möwen und Kormorane ab, »damit niemand dort draußen von ihrer Insel erfahren sollte«.

Man erschrickt bei diesem Ende. Es erinnert an die aktuelle Politik. Die Europäische Union hat beschlossen, dass sie die Boote zerstören will, mit denen Flüchtlinge nach Europa transportiert werden, zur Warnung und zur Abschreckung. Das Bilderbuch von Armin Greder ist eine andere Warnung und Abschreckung – es ist eine Mahnung: mit Flüchtlingen, die Schutz suchen und Hilfe brauchen, müssen wir anders umgehen. Sie sind Menschen, die Angst haben, Menschen wie wir.

Heribert Prantl